小资度假攻略

我是小资系列

小资度假攻略

作者 / 科琳·德乐弗斯
绘者 / 艾乐诺尔·族拜
译者 / 张晔

長春出版社
全国百佳图书出版单位

假期

虽然只是我们生活中的一小部分，
却是支持我们度过一年中其他时间的精
神支柱。
就算是那些微不足道的假期，
完全搞砸了的假期，
都能给我们一年的安慰和希望……

语源字汇：

假期

vacation

一词来源于拉丁语：***Vacare***
意思是：空的、自由的。

假期前的作业

泳衣的尺寸

可怕的照片

众所周知，

假期都是从假期之前开始

的……

从第一缕春天的阳光照拂到你，
你就蠢蠢欲动了吧。
从5月份开始，
你喜欢的那些女性杂志就不停地提醒你，
“随心所欲吧”，
而你呢，
至少还有3公斤要减掉呢……
……否则你怎么能钻进你的泳衣呢！

目标：为了泳衣减掉3公斤！

你可以一步一步地跟着那些减肥法去做，

估计一定能减掉……

两到三克，

但这也估计是你苛扣自己和心情恶劣的结果。

但是要小心了：

从六月底开始，

你就会被两个月的节食搞得身心俱疲。

就在这时，

你最喜欢的女性杂志会出特刊：

节食，为何这样难？

然后，

就会给你说什么毕竟男人还是喜欢温柔的胖女人，

而不是坏脾气的瘦女人（好脾气的瘦女人貌似正在灭绝中？）。

你的男人估计在夏天来临之前一定会离开你，
因为他早晚受不了你天天对着一盘清水豆角泪流满面，
所有的娱乐时间都用来剥豆角……

就在你试穿泳衣的时候，你一定会绝望地意识到，
你的胸比以前还小，屁股却比以前还大……

于是……

这里有几个小窍门：

从4月到6月 你就别再买喜欢的那些女性杂志了。

7月份，它们一定会告诉你，

千万别在沙滩上拿掉你的缠腰布，

这倒是实话！

你不妨趁此机会多看看财经杂志，

体育杂志，

或是文学杂志啥的，

它们一般不会说什么节食的事儿。

只在迫不得已的情况下才留着你的男人。

（也就是说如果他从来不问你啥时开始减肥。）

否则就毫不留情的甩了他，这样又能让你“轻”一些（即使在体重秤上看不出来）。

赶快变得浑圆，性感……

这里有几个小窍门：这里有几个小窍门：这里有几个小窍门：这里有几个小窍门：

而且心情舒畅吧！

此处有几个建议：

此处有几个建议：
此处有几个建议：
此处有几个建议：

发起内嵌汽车轮胎

和救生圈的时尚

（就说是在皮肤之下，对，对，这样有范儿。）

买个超大的泳衣，

保证足够的食欲，

以便在未来两个月里把它撑起来。

或者是找个可以夏天也能穿着羽绒服的地方去度假。

解脱 自己吧

什么麻烦事，

同事，婆婆，

或者难缠的男朋友，

统统见鬼去吧。

所以，

假期前一定要来个大扫除，

这样你才能轻身前进。

现在你感觉自由了（轻松了？），你能够……

*但也要好好想想，

婆婆们毕竟都很会剥豆角……

七错图：

把你不应该带着去度假的图像圈出来。

假期策划。

假期也一定是
要策划的。

在人挤人的海滩上晒屁股
便是下策……

你想要什么样的假期呢：
（在相应方框里打勾）

- 狩猎 □
- 自助游 □
- 农场游 □
- 极限游 □
- 天涯游 □
- 自然游 □
- 豪华游轮 □
- 野营 □
- 家庭度假村 □
- 绿色游 □
- 学问游 □
- 随团游 □

度假中的你是什么样的：

（在相应方框里打勾）

运动型 □ 人鱼型 □ 性感型 □

闷骚型 □ 明星型 □ 鲸鱼搁浅型 □

酷型 □ 拖拖拉拉型 □ 夏娃型 □

学究型 □ 罗宾逊型 □

小心！ 如果你选中了以下条款：

家庭度假村和罗宾逊型，

自助游和闷骚型，

野营和性感型，

极限游和拖拖拉拉型，

那你要当心了！

很多事情是绝对

不能相容的。

如果你不知道去哪里，

或者和你的爱人不能达成一致……

那就用这个抽签！

目的地大抽签

材料：

复印机，

剪刀，

2个塑料桶

（不需要铲子和耙子）

把目的地的名称复印两遍。

把它们剪成小标签。

然后把小标签放到桶中。

每人都抽一个签。如果两签相同，就是好签。

如果签不一样，你们就继续抽，直到两个目的地相同为止……

注意，

你们只能赢得相同的目的地，旅程和其他花费都不包括在内，还是要你们自己负担。

普罗旺斯	夏威夷
九寨沟	好望角
大溪地	丽江
乌斯怀亚	开罗
米兰	桂林

沙姆
沙伊赫

巴西

张家界

马尔代夫

大堡礁

长白山

佛罗伦萨

罗马

大理

马赛马拉

峨嵋山	巴黎
布拉格	千島湖
西双版纳	戛纳
阿姆斯特丹	墨西哥
三亚	佛罗里达

巴塞罗那	其他
泸沽湖	其他
其他	其他
其他	其他
其他	其他

你今年夏天

没有假期。

别绝望，

快点成为网上冲浪高手……

找到中意的目的地，
查资料，
接着摄像头游览。
每天都坐地铁，遇到英俊的网友，
甚至都用不着穿你的泳衣！

滔滔不绝地向别人讲述你的假期（只有你自己清楚它是虚拟的）。

你也可以利用抽签的方式选择虚拟目的地（参见第22页）以及你在假期的照片（参见第70页）。

那些你在假期曾经做过，以后再也不打算做的事

（在相应方框里打勾）

以省钱为借口，去父母家度假

□

为了能忍受他们，
我需要镇定药，
但愿这是免费的！

跟有孩子的朋友们出去

□

说实话，那些小的们已经让我在学校休息的时间难以忍受了……

跟你的闺蜜和她男朋友一起出去

□

她男朋友是个大难题……

跟男朋友一起去，但是带着个单身闺蜜

□ 因为假期结束时总是还有一个单身女子，只不过跟去时的那个不一样哦……

跟工作狂朋友一起出去

□ 他们不理解“假期”的含义

跟刚刚失恋的朋友一起出去

□ 其实他已经每个周末都在我的沙发上，喝着我的啤酒，跟我的男人诉苦很久了……

带着他（你）的母亲一起去，说什么她们孤独一人

□ 这话倒没错，但是也不能为此就到处带着她啊。不是吗，你倒是带她去上班啊？……

跟青春期的孩子一起去（不管是你的还是人家的）

□

他们不停地抱怨，不停地吃，还把那些空盒子都扔在壁橱里！

如有补充，请写下：

你假期最喜欢

睡觉，睡觉，还是睡觉（大清早）

无所事事

每隔两小时就换套衣服和指甲油

吃个大棉花糖，不洗黏糊糊的手指

穿着小泳衣在泳池边上跳舞到天亮

做的事

在晨曦中读书

每晚都尝试一个新的(小)餐馆

在海边看日落

等孩子睡后建个大沙堡

把你不防水的手表扔泳池里（回头再买个新的就是）

球球游戏

写下五个有“球”字的词语：

提示：足球 篮球 排球 泥球

球球游戏

那些你最讨厌在假

大好时光中坐着剥豆角，
说什么这是豆角的季节

期中
做的事

听到有人（大声）说，“亲爱的，你给咱们做个开胃小菜吧？”他们自己却正喝得高兴。刷盘子，给你说你买不起洗碗机。浴室里好多毛发，且不是你老公的。每天中午牙里有沙子，每天晚上床单里有沙子。假期孩子不上学是好事，但要是整天整天地看着他们，那算是什么假期。大腿上带着藤椅的图案。沙滩上引得狂蜂浪蝶团团转的美女。海岸线从来不在同一时间处在同一位置。跟孩子们一起建沙堡。

听到有人（大声）说，“亲爱的，你给咱们做个开胃小菜吧？”他们自己却正喝得高兴。刷盘子。给你说你买不起洗碗机。浴室里好多毛发，且不是你老公的。每天中午牙里有沙子，每天晚上床单里有沙子。假期孩子不上学是好事，但要是整天整天地看着他们，那算是什么假期。大腿上带着藤椅的图案。沙滩上引得狂蜂浪蝶团团转的美女。海岸线从来不在同一时间处在同一位置。跟孩子们一起建沙堡。听到有人（大声）说，“亲爱的，你给咱们做个开胃小菜

如有需要，请详细补充：

”他们自己却正喝得高兴。刷盘子。给你说你买不起洗碗机。浴室里
毛发，且不是你老公的。每天中午牙里有沙子，每天晚上床单里有沙子
期孩子不上学是好事，但要是整天整天地看着他们，那算是什么假期。
上带着藤椅的图案。沙滩上引得狂蜂浪蝶团团转的美女。海岸线从来不
一时间处在同一位置。跟孩子们一起建沙堡。听到有人（大声）说，“
的，你给咱们做个开胃小菜吧？”他们自己却正喝得高兴。刷盘子。给
你买不起洗碗机。浴室里好多毛发，且不是你老公的。每天中午牙里有
，每天晚上床单里有沙子。假期孩子不上学是好事，但要是整天整天地
他们，那算是什么假期。大腿上带着藤椅的图案。沙滩上引得狂蜂浪蝶
转的美女。海岸线从来不在同一时间处在同一位置。跟孩子们一起建
。听到有人（大声）说，“亲爱的，你给咱们做个开胃小菜吧？”他们
却正喝得高兴。刷盘子。给你说你买不起洗碗机。浴室里好多毛发，且
你老公的。每天中午牙里有沙子，每天晚上床单里有沙子。假期孩子不
是好事，但要是整天整天地看着他们，那算是什么假期。大腿上带着藤
图案。沙滩上引得狂蜂浪蝶团团转的美女。海岸线从来不在同一时间处
一位置。跟孩子们一起建沙堡。听到有人（大声）说，“亲爱的，你给
做个开胃小菜吧？”他们自己却正喝得高兴。刷盘子。给你说你买不起
机。浴室里好多毛发，且不是你老公的。每天中午牙里有沙子，每天晚
单里有沙子。假期孩子不上学是好事，但要是整天整天地看着他们，那

准备行李

准备行李是充满挑战的时刻：

泳衣和凉拖是不占地方的（但如果你有28双，那就难说了……）。

而且，还要把所有的花边裙，露背装，以及其他所有不能穿到办公室去的衣服都塞进箱子。

还不能忘了所有那些不可预料的天气变化哦……

仔细数数你的出游假期，

并且意识到每天换两身衣服的想法不太现实

列出一个不可缺少的服装清单

按照你的旅行目的地来选择服装，而不是以你其他时间没有机会穿这些衣服为标准。

注意：轻薄的衣裙和不跟脚的金色凉拖绝对不适合环境险恶的亚马逊丛林。

我的必不可少的物品清单：

别忘了！

如果你有孩子，孩子的用品也是你来准备哦。在你的箱子里给他们留个地方，或者给他们专门备一个箱子，然后里面放点你的用品。

小窍门：如果有2到3件你喜欢的衣服实在进不了箱子，那就把它们一层一层地套在身上。反正这种穿法一直是时尚，神不知鬼不觉，你又能多带几套衣服了。

游戏

把服饰跟目的地链接起来……

- 大堡礁
- 中东
- 夏威夷
- 蓝色海岸
- 雨林
- 购物天堂

装载行李

一旦箱子都装好，
包括孩子的箱子，
就要把它们装到汽车里了。

如果后备箱太小，

你可以在车顶来个大展览。

但以下物品不适合放在车顶：

荷兰猪：此物不喜吹风。

金鱼缸：想保持水不洒出来是很难的，那些金鱼也有在车窗上打滑梯的危险，这些实在是会吓坏小朋友。

你的小宝宝：虽然吹点风对他有好处，但太多了恐怕不行。

你婆婆：既不适合车顶，也不适合后备箱，所以尽量别带着她了。

几个装车建议：

婆婆坐在荷兰猪的笼子上
（后者听天由命吧），
宝宝坐在婆婆腿上，鱼缸顶
在宝宝头上。

鱼缸放在宝宝腿上，这样他
如果晕车直接就能吐在里面
（金鱼就听天由命吧）。

婆婆坐在后面，
荷兰猪放在膝盖上，
鱼缸放在腿上。

金鱼放在宝宝摇篮里，
宝宝放在荷兰猪笼子里，
荷兰猪抱在婆婆怀里，
婆婆在鱼缸里（这样大家
谁也活不了）。

小游戏

把相关词句与图画连线

- 令人兴奋的旅行
- 省吃俭用的旅行
- 易如反掌的旅行
- 安全可靠的旅行
- 四海如家的旅行
- 外交官式的旅行

出发

在假期第一天就按时出发可不是件容易的事。

但是我们有一个小建议或许可以帮助你：

别计划太早出发。

放着假，却把大家早上6点都喊起来出发，似乎不太厚道，特别是你们最终10点才出发。

坐到车里并且说：

- 我准备好了！

等上一会儿，然后补充到：

- 什么？你没准备孩子的行李？

这样，你们肯定不能按时出发，但至少这次不是你的错。

别因为怕堵车就提早出发。

因为这样想的人多了去了……

别订好出发的时间，

这样就能避免迟到，况且这是假期，不是吗？

前一天就把婆婆，荷兰猪，金鱼和宝宝放到车里，

这样出发的时候要想的和要做的事就少了。

交通广播：

当真正的出发时刻来临之时，
别忘了听交通广播台！

打开你的GPS！

如果没有GPS，你就带那个好用的老地图，或者最不济也要有个指南针。

什么？……我是交广啊我。
交广台
能通报堵车。但不能避免堵车。
交广台
祝你一路顺风！

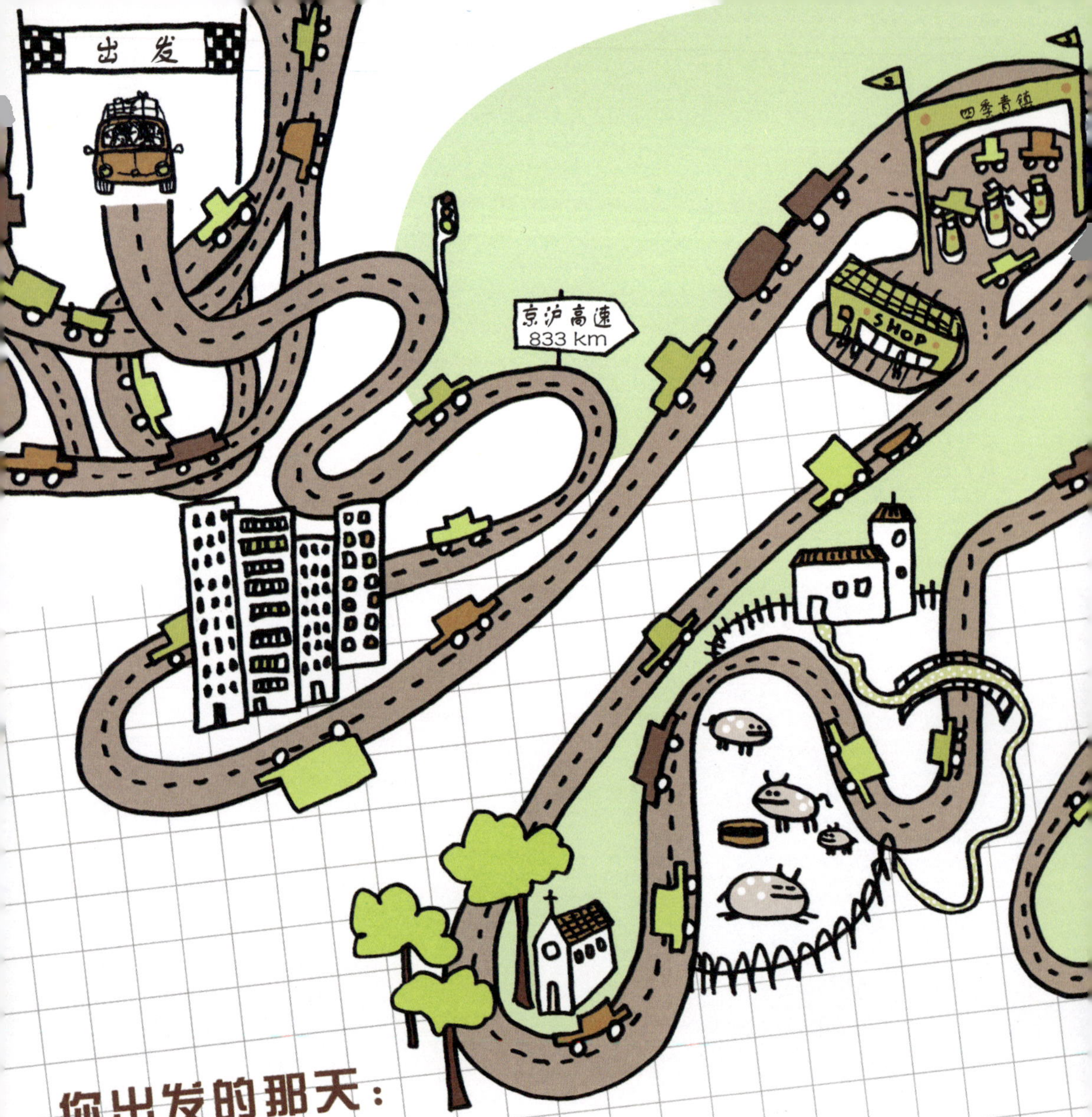

你出发的那天：

预计出发日期：

时间：

出发情况：　　好　　坏

出发时：

迟到了　　　　天

提前了　　　　小时

分钟

秒

下次出发所不能忘记的事宜：

旅途

旅途是最艰难的时刻……然而这又是我们**真正假期**的最初时刻。

有人一路抱怨“ ”

如需要可以详细说明

有人几乎不会开车

有人每10公里就要上厕所

有人吐得一塌糊涂

小孩子每30秒就问一句“什么时候才到啊？”

还有后面的丈母娘觉得自己女儿嫁给了亡命徒……

车厢里的紧张是触手可及的。

为了放松气氛：

请准备桶……

很多桶

用来呕吐的桶

用来尿尿的桶

用来让宝宝闭嘴的桶

当心婆婆从车窗里跳出去，
这毕竟会毁了你的整个假期！
把桶套她头上，这样能闷住她的指责声，
还能挡住她不停盯着时速器的目光。

让他们唱！

在车里唱歌

对治疗晕车有奇效。准备一个大家都会的歌单。指挥大家一唱为快。这个办法对于打发时间，治疗晕车相当有效果……

我的歌目单

如果你想婆婆也一起唱，别忘了把她头上的桶拿下来。

夏日

流行歌曲大测试

写出以下歌词的歌名和歌手：

1 你曾说过，会永远爱我，也许承诺不过因为没把握。别用沉默再去掩饰什么，当结果是那么赤裸裸。

2 宁静的夏天，天空中繁星点点，心里头有些思念，思念着你的脸。

3 夏天夏天悄悄过去留下小秘密，压心底压心底不能告诉你，晚风吹过温暖我心底，我又想起你，多甜蜜，多甜蜜，怎能忘记。

4 再唱不出那样的歌曲，听到都会红着脸躲避，虽然会经常忘了我依然爱着你。

答案：

1. 歌手：莫文蔚　歌名《盛夏的果实》
2. 歌手：梁静茹　歌名《宁静的夏天》
3. 歌手：韩宝仪　歌名《粉红色的回忆》
4. 歌手：王菲、陈奕迅　歌名《因为爱情》

如果让他们唱歌还不够的话

那就让他们闭嘴！

举例：

- 要是你不马上闭嘴，整个假期都别想吃一口冰淇淋！
- 要是你不马上停止呕吐，明年假期你自己呆在吉乃特姑妈家里吧！
- 要是你再说一句想尿尿，我们就把你丢到最近的厕所里去！
- 要是
- 要是
- 要是
- 要是

如果你是和新的爱人单独出行，也可以试一下让他唱歌，或者让他唱歌！

吉乃特姑妈

A

B

C

D

E

F

时序错乱的故事

将左边的图片按正确顺序重新排列

1

2

3

4

5

6

答案：1|E，2|C，3|D，4|A，5|F，6|B

假期第一天

你刚刚到达，

真正的假期终于开始了！

但别立刻放松下来，

第一天就把要发的明信片都发掉

是益处无穷的。

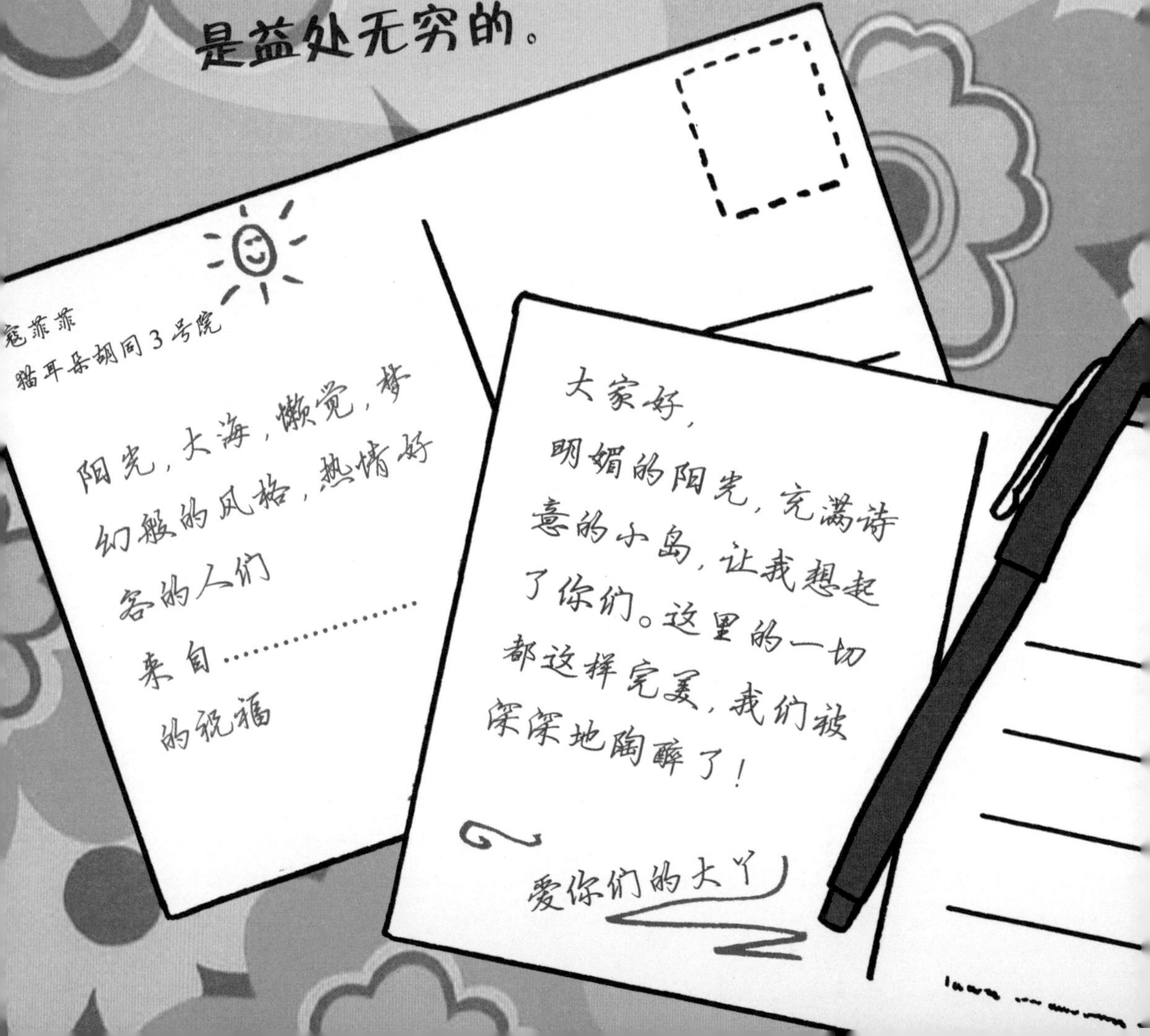

这个麻烦一旦搞定，
你的假期才算真正开始啦。
如果你假期第一天就写这些卡片，你就不用忍受撒谎的痛苦：
天气总是这么晴朗啊，
一切都完美无缺啊，
你遇到了数不清的好人啊，
景色迷人的很啊，
你心情总是愉快啊，
这样你假期的剩余时间只要慢慢地买邮票就可以了！

我们的明信片

可以剪下寄出

我们的假期照片

你忘了带相机，或是你把本该放相机的地方放进了你的第29双必不可少的凉拖，因为它独一无二的颜色？

别担心！

快去最近的快照点，拍两张标准身份证照，然后贴在这些图片的头部位置，相信你的朋友们一定会羡慕死哦……

贴照片
贴照片

HOLLYWOOD
贴照片
贴照片
贴照片
LAS VEGAS

在美丽的星

梦想已久的假期，

是我们亲近，

接触和观察大自然的好时机。

在美丽的星空下入睡的机会是一定不能错过的。况且，八月份是流星频发的季节……

空下宿营

来吧，在沙滩上舒舒服服地躺下，头枕着手臂，仰望太空吧……

别忘了许愿哦……

关于流星的小问答……

什么是流星？

- ☐ 一个坐不住的女孩？
- ☐ 一个穿丝袜的明星？
- ☐ 一种陨星
- ☐ 一只海星
- ☐ ……

流星飞行速度是多少？

- ☐ -很快。我甚至都来不及许愿……
- ☐ -我们看到它们跟我们的假期路线不一致啊
- ☐ -我不敢肯定它们下落的速度会比吉哈德的头发快
- ☐ -时速21 2000公里

猜谜

有什么厨房用品你整天掌握在手里，圆圆的，扁扁的？

不对， 吉哈德不是厨房用品……

答案：
陨星
时速21 2000公里
平底锅

假期 占星术……

魔羯座

放心，您身上没有泥巴味儿……，如果没有人敢接近你，那是因为您那发型和服饰，让人误以为是山羊呢……

放松吧！

水瓶座

再来点儿吧！

您可是真正的能让一小滴水漾出瓶子的专家。可惜他呢，是在一望无际的大海里游泳。
所以您那小浪花，他们根本碰不到。

双鱼座

大海是您的，让海浪带您遨游吧，忘掉苦闷，走出低谷吧。遇到海王的话，别忘了告诉他：

你是美人鱼！

牡羊座

当心！

汗毛啊，羊角啊，夏天都长得特别快……你要是不想把你的白马王子吓跑，去沙滩的时候可是要特别注意哦。

金牛座

勇往直前！

斗牛的季节来到了，你就只管往前冲吧，这次的胜利一定是你的。他很迷人，不是吗？虽然他穿着粉色的袜子，不过别担心，我向你保证，这是个真爷们！

双子座

让他做选择！

真的没必要给他双份儿，一份儿就够了……。他真的不值得！你觉得夏天是度过三人世界的好时光？自己拿主意吧！

巨蟹座

你已经习惯了在螃蟹筐里过日子？你为旁边那个漂亮样品动了凡心？

冲锋吧！

但别忘了，螃蟹通常很难直线走到底。

狮子座

你说了算！

你的鬃毛确实令人震撼，但要是把它染成红色招摇过市就太过分了。你毕竟是百兽之王……，这个夏天是你的天下，这是众所周知的事情。

处女座

别再深藏在你的尊严里了。你的名字毕竟不是圣母玛利亚……。况且这是夏天，告诉你自己玩一玩也不是什么错误。把握时机吧……

征服世界吧！

天平座

小心！

多加小心吧，一颗小沙砾就能花了你的天平。最好在草地上野餐，避免沙滩。特别关照：一个劲儿的衡量是值还是不值，你很有可能会一整个夏天都找不到自己的平衡哦。

天蝎座

危险！

你终于可以在热沙地里嬉戏了！珍惜机会吧，但也要小心收起你的尾巴，毕竟这里是沙滩，而不是沙漠……你的有毒的一面可以吸引那些喜欢危险的人，但这毕竟是游戏，你可别把他们蜇坏了。

射手座

瞄准了！

你想一箭中心，你以为你是丘比特啊……瞄准了再放，别忘了，你要是射不中，这箭最终伤的就是你，这个夏天你就哭着过吧。

测试
哦，弄脏你的衣服，
真对不起……

你准备好迎接假期恋情了吗？

你独自度假

你觉得假期就是为了换换心情的

你渴望冒险

你一整天都在哼唱：
“没答案 没答案 真爱在哪 我的爱 我的爱 难道是他*……”

*蔡依林《love love love》

你在周围发现了几个帅哥

你发现吉哈德的肚子越来越胖了

你把你的性感内衣带来了

你通知所有人，你这个夏天绝对不会在剥豆角中度过

如果你在至少3处打勾，你就是准备好了

有关心情

有关心情

在符合你的假期的方框里打勾

心花怒放 □ □ 心神不宁

三心二意 □ □ 铁石心肠

赏心悦目 □ □ 心灰意冷

心如止水 □ □ 力不从心

心乱如麻 □

找到合适的解释：

心提到了嗓子眼

1.形容人说话直率

2.形容人晕车

3.形容人紧张

4.形容人热情

答案：3

假期天气预报

你盼望假期风和日丽吧？那就看看下面的天气小问卷吧。做一下测试，然后你就能了解假期天气了：

问题 1：以下哪些句子是俗话里来的？

- ☐ 1 阳光总在风雨后
- ☐ 2 朝霞不出门，晚霞行千里
- ☐ 3 阳光灿烂的日子
- ☐ 4 夜幕下的雷雨

问题 2：找到两个与上面表达有关的电影名字：

....

....

问题 3：反气旋是什么：

- ☐ 1 超级强大的吸尘器
- ☐ 2 黑话，意思是不招男人喜欢的女孩
- ☐ 3 额头上有一只独眼的巨人
- ☐ 4 绝对的好天气
- ☐ 5 拖鞋的牌子

问题 1　答案提示：
"朝霞不出门，晚霞行千里。"
问题 2　答案提示：
《阳光灿烂的日子》，姜文 1994。
问题 3　答案提示：
反气旋是在高压中心附近的大气流动区域。所以必定是好天气。

你如果能回答出全部问题，你的假期一定阳光普照！

如果你只能答出一半问题，你的假期估计是不冷不热的。

如果你什么都答不出来，活该，你的假期估计要泡汤。

假期的味道

对你而言，假期的味道是怎样的呢：

- □ 薯条
- □ 莫诺依香精
- □ 茴香
- □ 松林和灌木丛
- □ 海藻
- □ 烤沙丁鱼
- □ 肥料
- □ 皮萨饼

请补充：

难点：

知道吗，一个一级苹果大约重200克，一大袋土豆片大约重350克。在100克的土豆片里有570卡路里的热量，而在100克的苹果里只有55卡路里的热量：

①要获得一袋土豆片的热量，你需要吃多少个苹果呢？

②这些苹果在你的野餐篮里有多重呢？

要知道，你的野餐篮本身重大3.467公斤（不包括苹果和土豆片）

③如果选择土豆片，它们重多少呢？

④如果选择苹果，它们重多少呢？

如果你只能选择苹果和土豆片：

⑤既能吃得平衡，又能保持篮子最轻的完美搭配是怎样的呢？

答案：

1)大约 19 个苹果

2)3.8 公斤

3)3.817 公斤

4)7.267 公斤

5)在苹果树下野餐

警告：这个问题的解决与否对你的身材来说可是至关重要哦！

（请看下页）

（真相）

据科学研究显示，脑力劳动可以导致身体热量的大量摄取。

消息

“脑力劳动引起对热量的过度摄取，同时，脑力劳动的增加往往伴随着体力劳动的减少。这就是为什么一些工业国家的人有肥胖趋势的原因”，某专家。

选择你们的阵营：薯条，冰淇淋，棉花糖，土豆片，华夫饼……

或者是凉菜，水果，当季蔬菜……

将褪毛进行到底：

对，男人们都喜欢沙滩上的清凉女郎。但你千万别忘了！不管你的汗毛是长还是短，是直还是弯，茂密还是稀疏，就算是它们有羊毛般的质感，散发着迷人的光泽，在你的美腿上形成一个小毛毯，也绝对不能让它们在夏天出现！！！

姑娘们，行动起来吧，不管是镭射还是热蜡，电动拔毛器还是手工剃须刀（你甚至可以用你老公的，不管怎么说，男女剃刀的不同只在于颜色，而颜色跟剃毛效果绝对没有关系，粉红色剃刀绝对不比蓝色剃刀好用）。

夏天，是大战汗毛的季节。

三天不剃毛，只有男人才能保持性感，享受胸毛从领口冒出的挑逗性。看吧，所谓男女平等还真是浮云！

我的美腿我做主！

找到五个与毛有关的**语句**：

答案：

毛手毛脚
嘴上没毛，办事不牢
吹毛求疵
轻如鸿毛
一毛不拔
九牛一毛
多如牛毛

茴香酒，爱情和美女

在这些词汇中把最符合你的假期的五个词圈出来：

花生，跟头，微醉，红脚鹬，纯情少女，陡坡，超短裙，
八卦，排骨，小明星，酒吧，自行车，流行音乐，三人球队，
被窝，胖胖，饮料，小调，购物，餐巾，风暴，鸡尾酒，轻骑，
聚会，美少女，卧铺，龙虾，金发妞，胡桃夹子，超市，烤肉串，
沙拉酱，响板，波浪，凉鞋，扮靓，嚼舌头，易拉罐……

喜欢海滩的10个理由：

- 我可以一边吃薯片，一边在腿上擦油油的手指，这对皮肤有好处。
- 我可以阅读我最喜欢的杂志。它已经不再试图说服我减肥（况且这已为时已晚）。
- 宝宝哭的时候，我可以对自己说：“别担心，这是海鸥在叫。”
- 我在海滩上睡得比在办公室睡得好多了。
- 我可以放心的读八卦新闻，而不用把封面藏起来。
- 我不用梳头，这让我看起来无比野性。
- 我可以跟旁边的帅哥聊天。我们毕竟要做几个钟头的邻居呢。
- 我可以四脚朝天，半裸着躺着，而不用担心被人当作不正经。
- 我可以脱了泳装，在远处裸泳。糟了，这里有人！
- 我不能在沙滩上剥豆角！

你抓不到我，该死的豆角！

放松

如果这还不够，你还可以反复对自己轻唱：“别管以后将如何结束，至少我们曾经相聚过，不必费心地彼此约束，更不需要言语的承诺”李明君

暑天特刊

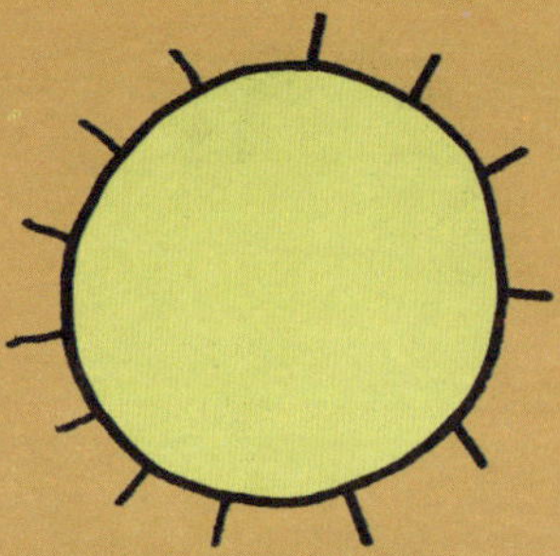

请解释一下这句话的意思

"热得像个薯条摊儿"

☐ 1 意思是形容一个女孩千方百计地找架打

☐ 2 形容一个女孩汗味很重

☐ 3 形容女孩在没有任何防晒措施的情况下进行日光浴

☐ 4 形容女孩热情洋溢，充满激情

答案:4

提示：
注意防暑。
建议大家多喝……
开胃酒
葡萄酒
啤酒
当然是水
答案：当然是水

夏日之书

终于有时间读书了，但可不要乱读哦……挑选假日要读的书可不容易哦，以下是几个建议：

一定不能太厚重，否则在海滩上躺着看会太累。

一定要防水防皱，这样我就能把书揣着到处走，和湿漉漉的泳衣啊，防晒霜啊放在一起。

一定要有趣，让我时刻保持好心情。

一定要有反光玻璃的效果，这样我才能躲在后面心安理得地欣赏帅哥，而不会被人当变态。

一旦读过去，书里的字一定要可以自动换色，这样我就可以知道读到哪里了。

一定不能伤脑筋，否则我会发胖（参照第90页的说明）。

一定要有紫外线过滤功能，并且有特殊面部防皱功能。

一定要有一个严肃，富于哲理而又充满幽默感的书名，这样大家就会以为我总是个有趣，聪明又有学识的女孩。

一定要透风透气，这样我就能享受海风吹拂。

一定要散发魔力，让沙滩上的所有帅哥都被我所吸引。

一定要告诉我，怎么做才能不在剥豆角中荒废假期……

编辑补充：

你手中正是一本这样的书，但是，某些科技还不够成熟，所以在本书上没有体现出来。

数独游戏：

8				7				9
		3	6				8	5
		7	4	5				1
	8		2	1			3	
	2	5				9	6	
	3			8	9		7	
5				2	7	4		
3	1				5	2		
9				3				6

		5				6		1
	7		5	8		4		
	2		4	9		7		
3			2		7			
1		4				2		7
			6		8			5
		7		3	2		4	
		6		7	5		3	
5		9				8		

约泡圣经

夏日海滩，最热门的游戏莫过于泡帅哥。为了有效地观察帅哥，一定要谨慎选择你的沙滩哦！
那些富豪云集的私人海滩，姑娘们都貌似超模，穿着比你一周的假期还贵的迷你小泳衣，这对你的好心情可是致命的打击。

选择一个家庭氛围的大众海滩：

青岛第一海水浴场
大连金海湾
三亚亚龙湾沙滩浴场

你可以带着你的男人。但是一定当心！时刻要警惕他的目光，因为他一定有注视沙滩上最漂亮女孩的倾向，这可不是你们度假的目的……

还是尽量和闺蜜们一起出游。抢占一个战略性的地点，以便你们能把这个沙滩尽收眼底。裹好你的浴巾，以便其他人跟你们一样，观察到你们。

然后就尽显你毒舌妇的本性吧！

评头论足。
什么平胸啦，罗圈腿啦，水桶腰啦，驼背啦，营养不良啦，航空母舰啦，飞机场啦……
仔细观察沙滩上的女孩和她们的缺点，特别是她们的缺点……这样评价一小时左右，估计你们的自我感觉一定大幅提升……

这样，你终于可以**完全避免豆角了**。

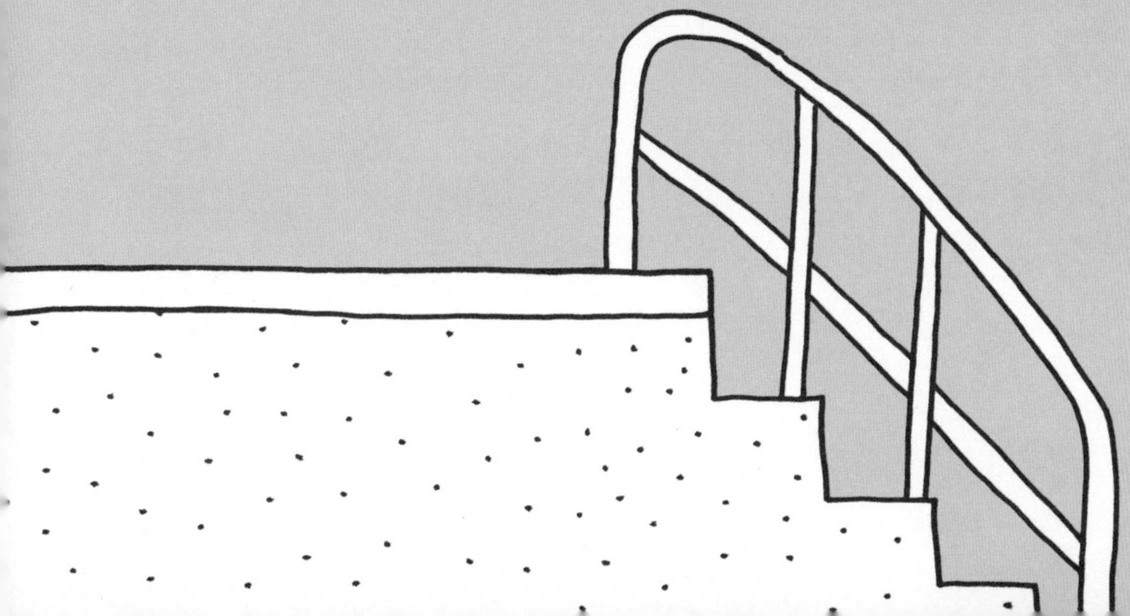

夏日留念

无论如何，你总不能只带着腰酸腿疼的记忆，和提包底部除不干净的沙子做假期留念吧？

你无论如何也要带回以下物品：

贝壳粘贴的小塑像
渔民风的小木盒
一个玻璃球
一个纪念T恤
一个海豚小雕塑

请补充

或许你还会带回：

脚气
痢疾
关节炎
水产品中毒

请补充

悲催的假期

你的假期完全泡汤了？

太棒了！抓住机会吧！

首先，你告诉自己，悲催的假期比平庸成功的假期要有更多的谈资。你很快就会为此发笑（是的，是的）并且成为大家瞩目的焦点！因为，所有人都争着谈论他们阳光普照的成功假期，这样，很快大家就会对此感到厌倦。而你呢，你可以用你的悲催假期吸引住所有人的注意力。

为了能让效果更明显，你一定要不遗余力地夸大其辞：

你的假期泡汤是因为阴雨天？

那就描述成世界末日般的大洪水，和对整个村庄的救援。

你租的房子到处是苍蝇和蟑螂？

那就描述成屋里到处是杀人蛛，阳台上是毒蛇出没，鞋子要用纸填充起来，避免蝎子爬进去做窝。

你在假期没有收到帅哥的殷勤照料？

那你就说你遇到很多可疑的人，据说他们是黑帮，或者便衣，在沙滩上卧底的……

阴影中的夏日

如果你实在没有讲故事的天赋，而你的假期仅仅是下了点雨的话，那也别勉强，就简简单单，忧伤地低声说：“我在阴影中度过了夏天。”

什么也别多说，或者只是出神般地低语：“九寨沟，九寨沟。”

保持你那阴暗而充满威胁的表情，其他的就让流言去完成好了。

大明星，就看你的了……

TELEPHONE

回家

虽然回家的路在你看来并不长，你还是按时上路了。
司机们也不那么紧张了：
“大多数人觉得出发才是重要的，而不是回程”。
孩子们在后座上睡得天使一般，也不喊撒尿，也不呕吐，
什么也没有！几乎令人担心！
婆婆微微晃动着脑袋，嘴角挂着一丝难以描述的微笑。

就这样，你们终于回家了……
别难过。你要往好处想：

你神气活现，气色健康，况且那个刚
搬来的新邻居也很不错。

你可以给大家描述你的完
美假期（或者悲催假期）

婆婆又回到她自己家去了，金鱼没能在旅行中幸存下来，你终于甩掉她们了！

你终于不用在沙滩上被朋友的孩子们埋葬了。

只有沙子，它们也就是还存在于你的脑子里，为此你有点感冒，但这一点也看不出来……

秋天马上就到了，你就可以更新你的衣橱了。

豆角的季节结束了！

明天，你的孩子终于回学校了！你的老公终于回去上班了！终于！

你又可以让你的汗毛自由生长了。

永别了豆角！

BUS